句集

天守

阿部怜児

朔出版

天帝

ふるさとに
看取る父母
城の秋

けん二

句集　天守　目次

装丁　奥村靫正／ＴＳＴＪ
写真　阿部浩一

句集　天守

Ⅰ

握り飯

平成二十四年―二十五年

四十九句

平成二十四年

その影の土にふくらみ牡丹の芽

雨止んで生田の森は木の芽どき

春暁の街を縫ひゆくモノレール

寄書の真実一路卒業す

天を衝く柱状節理雪解川

大雪《だいせつ》山の連山はるか蕗の薹

花水木うれしきことを聞かさるる

真つ先に風に応ふる若楓

あぢさゐや橋の袂の横死の碑

形代を波の引きゆく九十九里

砂浜に禰宜の沓あと夕祓

百年の鉱山《やま》の煙突日雷

ほととぎす鉱山の社宅はこの辺り

セザンヌを見て夕立の街帰る

弟に先を越されし墓参

噴水をかはし蜻蛉戻り来る

あきつ飛ぶ国に住みなし握り飯

待宵の川波寄する汀かな

耳遠き父と語れる夜長かな

秩父三峯神社　三句

神楽舞ふ巫女美しき十三夜

杉木立沈めて霧のなほ湧ける

懐に霧を抱きて山明くる

その奥に池の眩しき冬木立

木に凭れみちのくのこと青邨忌

雪吊や見事納まる一つ松

六人の世界の美女や初暦

平成二十五年

髭なんぞ伸ばしたる子と年の酒

都鳥飛びたつときは一斉に

湯豆腐や窓に京都の街明り

降りかかる火の粉をかはし鬼やらひ

啄みてまた木に紛れ囀れる

集合は明神様の花の下

花影のゆらぐ水面へ散る桜

その上を雲次々と滝桜

ペリカンと海をみてゐる日永かな

葉桜やわが故里は城の町

ひと眺めして紅深き薔薇に佇つ
梅雨の街地下を歩けばどこへでも

下闇を抜け一望の日本海

夏潮や東尋坊に句碑三つ

悼　兜木總一さん

天上も寧日なれと草の花

悼　泉幸子さん

星月夜あの歌声と微笑みと

霧流れ向うの峰に日の当り
丹精の菊を並べて山の駅

それぞれにほどよく老いて秋灯下

頂を雲は離れず紅葉山

銀杏散る空の青さに耐へかねて

新しき熊手柱に焼鳥屋

悼　志村あらまさん

熱燗を酌み交はさんと約せしが

II

花八手

平成二十六年—二十七年

六十六句

平成二十六年

父卒寿母は米寿や大福茶

大漁旗靡く一湾淑気満つ

初凪や室の泊の牡蠣筏

朝の日をひと雫づつ軒氷柱

東京マラソン　二句

号砲を待ちて足踏み春寒し

歌舞伎座の大垂幕や春の風

散らばりて夕日の影を落椿

春昼や草を食む牛伏せる牛

行く春の嘶き遠く草千里

退職の手続き済みし夜の新茶

餞別の薔薇の香りに目覚めけり

職退きて五日となりぬ夏祓

鄙の湯のここがみなもと山法師

白南風の稲村ヶ崎鳶の笛

万緑や瓦も白き姫路城

肌脱の父の背にある椅子の痕

一瀑の上わたりゆく秋の雲

告げらるる父の余命やちちろ虫

点滴の父のまどろむ秋の暮

柿二つ卓に残して父逝きぬ

身に入むや播磨の山に響く鐘

なべてよき父の生涯花八手

白髪の父逝きて我が木の葉髪

冬菊を供へ唱ふる正信偈

搦手を閉ざして城の年用意

年越や郷里の酒を独り酌む

平成二十七年

白雲の懸る天守や初景色

ひと雨の来て雪吊の引き締り

まざまざと地震の日のこと寒椿

湯気立てて長距離バスの待合所

大小の島影はるか牡蠣を食ふ

一木にして山茱萸の花明り

初蝶や池に日ざしのよみがへり

捨てがたき父のパソコン春の塵

父の撮るベンチの母や風光る

花散るや千一体の仏たち

花の京なれば洛中洛外図

鯉のぼり風に遅れてひるがへり

蚕豆を硬めに茹でて昼の酒

かぶりつく横須賀バーガー街薄暑

白服の水兵遠き艦上に

記念樹と知る人もなし実梅落つ

坑口を閉ざす鉄柵ほととぎす
書を曝す父なき部屋を開け放ち

東《ひんがし》へ川滔々と大夕焼

納骨や母へ日傘を差しかけて

いそいそと蟻の出てくる蟬の穴

騒ぐほど大きな毛虫にはあらず

虚子門の吾もはしくれ蠅叩

登山帽とりて墓標に手を合はす

大西日竹刀を肩に兄妹

ただ灼けてゐたる栄華の伽藍跡

次々と月の高さへ揚花火

兎追ふ亀亀追ふ兎走馬灯

バリ島　四句

抱へ飲むココナツジュース浜日傘

西瓜売寺院の前に小屋を掛け

銀漢や押し寄せてくる波頭

星月夜島の男の踊り果つ

母方の墓にも花を昼の虫

手が合へば足の遅れて盆踊

秋薔薇の色を深めぬ夕汽笛

吾が影の露に濡れたる草千里

また踏んでしまふ銀杏農学部
一筋に川染め冬の入日かな

着水の間際はばたき百合鷗

大年や母住む街の城白き

Ⅲ　月涼し

平成二十八年

五十一句

暁の渚を歩む二日かな

引く潮に向ひてつつと浜千鳥

闇を背に猛るどんどの火を囲む

遠くにも囲む人影どんど焼

ピアノより鉄棒が好き草萌ゆる

春雨の動物園を合羽の子

囀や遠き矢倉の燭明り
一輪の初花幹に翳りなく

反橋に続く平橋春の水

見るほどに闇に浮き立つ桜かな

ありがたき法話の済みて桜餅

覗きこむ子の顔ゆらぎ蝌蚪の水

かさこそと紙風船の丸くなり

引く潮を母と眺めて春惜む

開墾の名残の井戸や竹落葉

牡丹の咲ききはまりて風はらみ

警備艇卯波の沖へまつしぐら

畳み読む英字新聞青嵐

この町に師は矍鑠と風薫る

尾で飛ばす盥の水や大鯰

白南風や岸蹴つて出るエイト艇

月涼しカレーの匂ふ合宿所

野に影を連ね御祓の列続く

辻ごとに切幣を撒き夏祓

古利根のゆるき流れや川祓

雨脚の鬼灯市の灯に青く

鬼灯市隣の店も雨を掃き

捕虫網追ひ越してゆく捕虫網

空部屋の多き団地や凌霄花

昼寝覚すつかり潮の引いてをり

掃苔や母は木蔭で遠拝み

森深く来てかなかなのなほ遠し

本尊を照らす燭の火走り萩

秋潮の満ち来る浜の網手入

オートバイ轟かせ来る夜学生

母祝ひ子に祝はるる敬老日

久々に締むるネクタイ秋高し

石庭や秋日の影を一つづつ

廻廊に澄む音ひびき松手入

弁当の包みふくらむ青蜜柑

語るうち寝息の母や夜半の秋

冷まじや塀をめぐらす船渠跡

利酒に少し酔ひたる新走

深見けん二展

師の歩みたどる一日や石蕗の花

池に向き閉ざす二階の白障子

鴨進む大泉水をきらめかせ

極月の大本堂に諷経満つ

艇庫より洩れくる灯り浮寝鳥

まづ腹を沈め白鳥泳ぎ出づ

口数の減りたる母と日向ぼこ

石垣にはりつき城の煤払

Ⅳ 春の雷

平成二十九年

五十七句

九階の暮しになじみ初景色

松過のはや乱れたる机かな

冬帝の大音声や滝落つる
囁きの聞えてきさう冬木の芽

また元の波にをさまり都鳥

高岡・五箇山　四句

日本海より雪嶺の立ち上がる

春雪や村に小高き墓処

合掌の屋根をせり出し残る雪

春の鴨夕日に向ひ飛びたてり

遠富士へ枝をさしのべ桜の芽

大空を二つに分かち囀れり
池望む丘に巣箱の新しく

二つ目の鳴りてまさしく春の雷

青空を埋め辛夷の重ならず

塔の影ゆらぎ東寺の水温む

百年の蓮座の埃春日影

雨伝ふ枝の先なる初桜
折返しまた雲雀野を駆けてゆく

引算を試さるる母蝶の昼

車椅子押し花人に加はりぬ

一蝶を空へ放ちて飛花落花

艶やかなきりんの睫毛春の雲

海峡の大吊橋や緑立つ

薫風や卒寿の母と観覧車

寄るほどに泰山木の花の照り

江の島は巨艦の如し卯波立つ

生えそろふシャーレの黴の深緑
里富士の四方にとりつき草を刈る

青梅雨や堂宇へ長き石畳

比叡より比良へ這ひゆく梅雨の雲

金柑の花かく小さくかく香り
子燕の一途に飛んで風に乗り

群青の水へ真白き滝落つる
落ちてなほ白く滾れる男滝かな

頼りなき石踏みて汲む山清水

鶺の子の魞場を出でて波に乗り

青蘆の途切れしところ舟溜り

蓮の葉を次々めくり沼の風

木蔭より湖へ駆け出す裸の子

汗の胸磯の香りを扇ぎ入れ

風鈴の鳴り止み暮るる海の家

弟を送り駅まで盆の月

鯛や森をへだてて城暮るる
水引の紅を定かにはねもどり

農継ぎし教師の二百十日かな

岩肌をさらす火の山曼殊沙華

水澄むやシンメトリーの絵画館

残業の妻を迎へにゆく良夜

走り根の波打つ山路けらつつき

雨音に一書を閉づる夜長かな

向き少し変へては眺め鉢の菊

須賀川・二本松　四句

夕焼のをさまり牡丹焚きはじむ

たゆたひて移る焔や牡丹焚く

形失せ色失せせ牡丹焚火果つ

落葉踏む城のここにも自刃の碑
天丼を食うて羽子板市を見て

澄みわたる冬満月に祈りけり

V

師と歩む

平成三十年

五十五句

ふるさとへ一路初富士初比叡

日輪のきらめきに鴨見失ふ

撫肩の虚子の胸像冬ぬくし

木曽路　四句

ダムの水豊かに湛へ山眠る

風花やお六櫛売る大黒屋

崖氷柱連なる奥を滝落つる

雪晴や味噌香ばしき五平餅

犬ふぐり屈めば増ゆる花の数

甘酒を飲みて観梅らしくなり

春の猫紀の森の奥に消え

光琳の梅と呼ばれてつつましく
丸ビルの影の中なる余寒かな

なんにでも話しかける子地虫出づ

ゆつくりと雲の触れゆく芽吹山

御首を納めし山の初音かな

転勤の決まりし妻と初桜

花冷やドライブインの鰺フライ

木道を先生の来て蝶の来て

開帳のさても小さき阿弥陀さま

行く春や港に今も津波跡

柏餅長子も次子も一家成し

大鍋に筍を煮る峠茶屋

風薫る室の八島の金の鯉

夏落葉土牢今も固く閉ぢ

夏めくや帆船の絵を部屋に掛け

蔦茂るカフェの二階の画廊かな

緑蔭や白く気高きマリア像

飛魚のとぶや配流の島近く

切株の片へぎつしり梅雨茸

葉の揺れて花の従ふ風の蓮

滴りや全山の音みなここに

真つ向に浴びる滝音滝飛沫

西に月南に火星橋涼み

東京の灯を対岸に夕涼み

新しき防潮堤や土用波

吾が娘にも子供三人ソーダ水

真つ先に起きて富士見る避暑の宿

盆波を分けゆく船や壇ノ浦

蜩や蘇峰揮毫の頌徳碑

迷路めく新宿の地下台風来

蟷螂の抱へ直して蜂を食む

対岸に湯屋の煙突鯊を釣る

突堤の先に釣人赤とんぼ

長き夜や地酒一本では足りぬ

連れ出して母とお城へ菊日和

二手より翔ちて一つに稲雀

師と歩む航空公園文化の日

滝裏に立ちて眺むる紅葉かな

大小の水輪を広げ木の葉降る

由比ヶ浜見えて小春の皇子の墓

小諸　三句

すつかりと紫苑の刈られ虚子山廬

水車跡まで落葉踏み落葉踏み

雲飛んで城址に月の冴えわたり

日溜りに来れば皆をり冬紅葉

煤竹のしなりによろけ寺男

VI 金木犀

平成三十一年―令和二年春

六十二句

平成三十一年・令和元年

海峡を歩いて渡り初詣

父を越す母の齢や薺粥

松過の末廣亭の昼席に
せせらぎも日のきらめきも春隣

下萌や漕艇場の聖火台

春潮や岩礁に鵜のみじろがず

梅林のどの木どの枝となくけぶり

紅白の梅を左右に御拝殿

古草や土竜塚より土こぼれ

石階の踏みどころなき落椿

苗札の傾くほどに水を遣り

腕まくりして春水に手を浸す

野遊や一人駆くれば皆駆けて

志ん朝の廓噺や春の宵

その影を昏き川面に夕桜
もう母のまどろんでをり花疲

ハワイ　二句

長閑なる太平洋や鯨見え

駘蕩と海亀泳ぐ珊瑚礁

蓮如忌を過ぎたる寺の花樗

四万十の風や千尾の鯉幟

ここにまで牡丹の風や雲竜図

矢を放つからくり人形祭笛

四葩剪る極みの色をためらはず

藩公の若き胸像枇杷熟るる

紫陽花の色を尽せる谷戸の寺

山々を指呼に涼しき鐘を打つ

蛍火の一つは星の高さまで

明易や母の寝顔をしみじみと

籐椅子の父の凹みに背を預け

久々に揃ふ兄弟穴子飯

天道虫一匹分の葉のたわみ

ひと息に来て奥宮に汗拭ふ

川底を這うて泳いでゐるつもり

落ちてゐる蟬に始まる蟻の道

太平洋ひと泳ぎして男去る

もたれゐる柱の震へ大花火

暮れ方の輝き暫しカンナの黄

刻々と暮るる川面や虫時雨

山頂に立てば向うも秋の山

桔梗の蕾小さき闇包む

カーテンを開けて秋日を病む母へ
母の息また穏やかに秋の暮

長き夜の白みて母の安らかに

母逝くや雨に匂へる金木犀

冷ややかや岸打つ波も夕風も

助手席に母の遺影や秋の虹

行く秋や母の遺品に我の文

探る手を肩まで沈め蓮根掘

夫の掘る蓮根素早く洗ひあげ

ひと区切つけて冬至の夕茜

落葉踏む鈴懸並木尽くるまで

剝落の幹に冬日やプラタナス

鍵の束鳴らし霜夜の外階段

艇庫の灯及ばぬところ鴨のこゑ

令和二年

猿曳の猿を背負ひて祝儀受く

手にとれば雨粒こぼれ竜の玉

母の座に母はもうゐぬ春炬燵

氾濫の土もろともに耕せる

枝かけのぼる白梅そしてその蕾
大空に声を預けて揚雲雀

湧き立ちて空埋めつくす桜かな

春風やまた裏返る象の耳

句集　天守　畢

あとがき

本句集は『橋』に次ぐ私の第二句集です。平成二十四年春から令和二年春までの間に深見けん二先生の選を受けた作品から三四〇句を選びました。
この八年間は、四十余年の会社員生活を終え、さあ第二の人生をと思った矢先に父が亡くなり、その後郷里で一人暮らしを始めた母を見舞うため、頻繁に姫路に帰る日々でした。その母も、昨年の秋、老衰により静かに命を閉じました。

母の最期を看取ったことで、これまでを一区切りとしてまた新たな気持で俳句に向き合おうと思い、『橋』以降の作品を句集としてまとめることにしました。郷里に帰ると必ず姫路城を訪れていたので、城を詠んだ句が多くなりました。それに因んで、句集名は「天守」としました。父母に対する鎮魂の気持も籠めました。

幸い両親から「雪ニモ夏ノ暑サニモマケヌ丈夫ナカラダ」を授かったので、今のところ「老い」を意識することなく過ごしています。これからも、俳句に真剣に取り組みながら、人生を大いに楽しんでいこうと思っています。

深見けん二先生には日頃からのご指導に加え、本句集の帯文と序句を賜りましたこと、深く感謝申し上げます。

また、「花鳥来」の山田閏子さん、桑本螢生さん、そして朔出版の鈴木忍さんには、句集をまとめるに当たり貴重なご助言をいただきました。厚くお礼申し上げます。

令和二年七月

阿部怜児

著者略歴

阿部怜児（あべ　れいじ）　　本名　愼一郎

昭和 24 年　兵庫県神戸市生まれ
昭和 48 年　東京大学農学部卒業
平成 4 年　社内の俳句部に入会、深見けん二に師事
平成 8 年　「花鳥来」入会
平成 16 年　「青林檎」入会
平成 24 年　第一句集『橋』上梓

現在　「花鳥来」会員・編集委員、「青林檎」同人、
俳人協会幹事

現住所　〒 335-0026　埼玉県戸田市新曽南 3-6-1-916

句集　天守　てんしゅ

2020年10月20日　初版発行

著　者　　阿部怜児

発行者　　鈴木　忍

発行所　　株式会社 朔《さく》出版
郵便番号173-0021
東京都板橋区弥生町49-12-501
電話　03-5926-4386
振替　00140-0-673315
https://www.saku-shuppan.com/
E-mail　info@saku-pub.com

印刷製本　モリモト印刷株式会社

ISBN978-4-908978-54-8　C0092